안아주고 싶어

와거蛙哥 글·그림 | 류정정刘菁菁 옮김

사랑꾼 투투와 와와가
그리는 달달한 사랑의 맛!

Atto Book

好想抱抱你

차례

* 이 도서의 국립중앙도서관 출판예정도서목록(CIP)은 서지정보유통지원시스템 홈페이지(http://seoji.nl.go.kr)와
국가자료공동목록시스템(http://www.nl.go.kr/kolisnet)에서 이용하실 수 있습니다.
(CIP제어번호: CIP2018012019)

안아주고 싶어

1판 1쇄 인쇄 2018년 4월 20일
1판 1쇄 발행 2018년 4월 27일

지은이 · 와거
옮긴이 · 류정정
발행인 · 조은희
책임편집 · 최소라
발행처 · 아토북

등록 · 2015년 7월 31일 (제2015-000158호)
주소 · (10551) 경기도 고양시 덕양구 도래올안길 59-1
전화 · 070-7535-6433
팩스 · 0504-190-4837
이메일 · attobook@naver.com

* 값은 뒤표지에 있습니다.
* 잘못 만들어진 책은 구입하신 서점에서 바꾸어 드립니다.

ISBN 979-11-957010-7-0 03800

당신만은
절대 놓치지
않을래

여자친구가 질투할 때

갑자기 침묵

답장이 단답형

화법의 아이러니

똑같은 방법으로
당신의 질투를 유발한다

말로 때리기

5

6

아무렇지 않은 듯 행동하지만
건드리지 못하게 한다

아무렇지 않은 듯 행동하지만
계속 SNS에 글을 올린다

위협

정신적 폭력

급기야··· 신체적 폭력 가하기

여자가 질투하는 이유는
당신을 중요하게 여기기 때문이에요.
만약 당신 때문에 질투하는 여자라면
머뭇거리지 말고 있는 힘껏 사랑하세요!

여자에게 해선 안 될 질문들

냉전, 여자친구의 생각

커플은 다투기 마련이다.
방심하면 하늘과 땅이
뒤집어질 정도로 싸우게 된다.
결국 "우린 좀 진정해야 돼"로 끝나지만.

네가 오지 않으면,
나도 가지 않을 거야!

5분 후…

아직도 문자 안 왔어.
설마 자는 건가?

3

핸드폰 꺼버릴래.
애타 보라지.

4

여태
연락이 없다니.

5

지금 해보자는 거지!

6

5분 후…

아아아아, 어떡해! 너무 충동적이었어!
이제 나를 무시하면 어쩌지?

7

이 케익 넘넘 맛있어.
SNS에 올려야지.
댓글 달지도 모르잖아!

8

아, 같이 먹으면
얼마나 좋을까.

9

이제 씩씩해질 거야.
혼자서도 잘 지낼 거야!

10

5분 후…

아, 머릿속이
온통 그 사람이야!!

11

13시간 26분 18초나 지났어.
무슨 생각일까?
나를 소중히 생각하지 않는 거 같아!

12

5분 후…

이럴 거면 왜 사귀자고 했을까.
정말로 헤어지면 어떡해?
머리도 마음도 아파… 흑흑.

13

그래. 연락만 오면…

14

5분 후…

15

16

17

18

여자들은 항상 이래.
마음과 입은 따로고, 화는 하늘보다 더 높이 나지.
그런데 그녀들은 끝까지 싸우고 싶은 게 아니야.

단지 사랑하는 사람이 자존심을 세우기보다
자신의 기분을 먼저 알아주길 바랄 뿐이야.
그래서 문자 하나라도 그녀들을 기쁘게 할 수 있어.

남자가 적극적으로 잘못을 인정하는 이야기는···

고요하고 평화로운 밤···

· · · · · ·

2

화내지 마···

내 잘못이야, 용서해 줘.

3

뭘
잘못했는데?

화나게 하지 말아야 했고!
싸우지 말아야 했어!

알면서 그런 거야?
그런 게 더 화나는 거야!

아니, 그럴 리가!

내 말 맞잖아.
또 그럴 거야?

앞으론 그러지 않을게.

그 말을 어떻게 믿어?
지난번에도 약속했었잖아?

그만해, 지난 일까지 말해야 돼?

그만하라고?
내가 귀찮은 거야?

또 왜 그래, 그럴 리가.

흥, 마음에 없는 말!
내가 귀찮은 거지!!!

......

나를 사랑하지
않는 거야?

투투 화내지 마!

내 잘못이야, 용서해 줘.

그럼 뭘 잘못했는지 말해 봐.

WHAT??

여자친구가 화났을 때 달래는 방법

커플은 아주 작은 일로도 다투는데
작은 문제는 요령만 알아도
쉽게 해결할 수 있지.
오늘 와거가 여러분에게 알려줄게.

말이 통하지 않으면 애교로

말이 통하지 않으면 춤으로

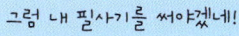

말이 통하지 않으면 개그로

*바오쯔는 속 있는 찐빵, 만터우는 속 없는 찐빵.

말이 통하지 않으면 홍바오*를

* 세뱃돈이나 축의금 등을 넣어주는 붉은 봉투.

말이 통하지 않으면 가방 사주기

말이 통하지 않으면 카베동*으로

최종 필살기
말이 통하지 않으면… 넘어뜨리기

* 남자주인공이 여자주인공을 벽에 밀치며
고백하는 행동을 일컫는 일본 유행어.

남자친구의 부모님을 처음 만나는 '체험'

나는 누구? 여긴 어디?
멘탈 나간. jpg

1

야무진 척.
야무진 척.

2

만나는 것만 생각해도 긴장되어
웃기만 한다.

3

온몸이 굳어 있고,
뭐든 조심조심.
밥도 많이 먹지 않고,
멀리 있는 건 집지 않는다.

밥만 먹는다.

4

손을 어디에 두어야 할지 모르겠고,
실수라도 할까 봐 겁이 난다.

단정하게 앉았나?

완전 면접 보는 느낌,
남자친구의 부모님께 '선발'될 수 있을지.

남자친구가 옆에 없이
부모님하고만 있을 때,
너무 어색해서……

어색증후군 걸린 것 같아.

남자친구 부모님의 말씀을 열심히 듣는다.
절대 한눈팔지 않고 부모님께 집중.
계속 하하하로, 긴장한 날 더욱 무장한다.

저, 저기, 제가 술 한 잔 드릴까요?

덜덜덜…   덜덜덜…

이 아가씨 파킨슨병 걸린 거 아닌가?

너무 긴장해서 말도 제대로 못한다.
말소리가 너무 작아서
나도 듣지 못할 정도다.

이미 배부른데 음식을 더 권해서서,
내가 괜찮다고 하자
남자친구는

들어갈 때는 누구보다 숙녀처럼,
나올 때는 시험을 마친 학생처럼.
이제 다시 본성을 드러낸다.

내가
책임질게

남자들, 여자친구에게 말하세요,
"꺼져!"

이 만화는 남자들이 어깨를 펴고,
멋짐을 한껏 보여줄 수 있도록 돕는다!

제 경험을 알려드릴게요.
여자친구에게 용감하게 말해보세요.
ㅡ"꺼져!"를.

자기야~
오늘 내가 밥 할게!

꺼져! 가서 휴대폰이나 해!
부엌이 네가 올 곳이니?

3

자기야~ 그릇은 그냥 둬,
설거지는 내가 할게!

꺼져! 가서 드라마나 봐!
물이 이리 찬데 네가 할 일이니?

4

자기야~
청소는 내가 할게!

꺼져! 가서 팩이나 해!
이런 거친 일 말고,
넌 '예쁨'을 책임지면 돼!

5

자기야~
빨랫감 가져와, 내가 빨게!

꺼져! 가서 간식이나 먹어!
빨래가 네가 할 일이니?
이 정도의 자각도 없네!

6

남자친구가 찍어준 사진은 증말

예쁜 여자들의
평소 셀카는 이렇다.

1

친한 친구의 휴대폰에 있는
사진은 이렇다.

2

그냥 친구가 찍어도 이렇다.

3

그렇지만!!!! 남자친구가 찍어준 사진을 보면,
마음속에 일만 마리의 알파카*가 뛰노는 것 같다.

4

일만   마리알   파카

* 욕을 뜻하는 '차오니마[cǎonǐmǎ]'와 음이 같아 인터넷
상에서 쓰이는 낮은 강도의 욕.

원래는 아시아 3대 요술의 도움 하에,
모든 여성들이 예뻐질 수 있었다.

하지만 남자친구의 기이한
사진기술을 무시할 수 없다.

남자친구가 찍어준 사진이란
보통 아래와 같은데, 이게 다가 아니다.
난쟁이로 찍거나 까맣게 찍는 것,
뚱뚱하고 구리게 찍는 것. 한마디로 말하자면!

분류하자면,
남자친구가 찍어준 사진은

[파킨슨 증후군]

왜 떨어?
전생에 재봉틀이었냐?

9

[여자친구는 어디에]

나 어디 있지?

10

어디?

11

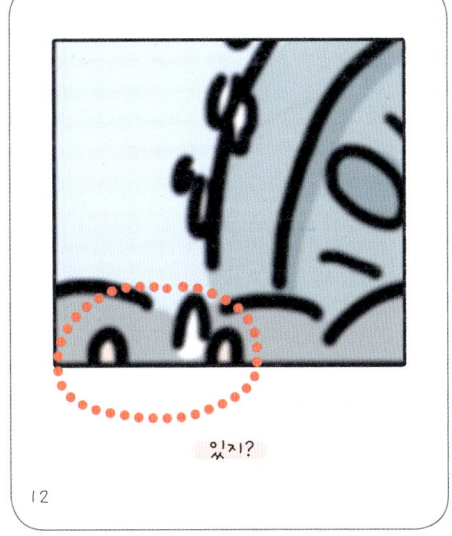

있지?

12

[여신 분쇄기]

남자친구 필터 +1

13

[9등신도 난쟁이로]

남자친구 필터 +2

14

[새까만 나]

저녁에 찍어주면 이렇다.

15

역광으로 찍어주면... 이렇다.

16

바다다, 바다!

" 찰칵! "

17

불고 불어라, 나의 오만과 방종.

18

와, 민들레잖아!

" 찰칵! "

불고 불어도
내 미모는 망가지지 않아.

20

[사진은 거의 이모티콘]

귀엽게 찍는다고 하지 않았어?!

21

이러면 영원히 투투를 잃을 수 있어.

22

[지나가던 사람과 함께]

뭐지? 눈이 아파.

23

[파노라마]

나 맞지?!

24

남자친구가 찍어준 사진은,
내 장점을 완벽하게 피할 수 있다.
제일 추한 것은 없고
계속해서 업그레이드된다.

투투, 이거 잘 찍지 않았어?

이리 와 봐,
죽지 않을 정도로만 팰게.

가장 전면적인 남자친구 사용설명서

남자친구의 숨겨진 스킬은 정말 많다.
투투에 대한 사랑으로
(투투의 협박과 애교로 인해),
와거가 친히 설명드릴 거예요.

병따개
남자친구가 생긴 뒤,
병을 열 수 없게 된다.

핫팩
겨울에 차가워진 손을
남자친구의 품에 넣을 수 있다.

살아 있는 우산
비가 오면 비바람을 막아준다.

만능 수리공
컴퓨터도 전구도 완벽,
하수구 뚫는 것까지 전부 가능.

걸어 다니는 네비게이션
남자친구와 같이 다니면
길 잃을 걱정이 없다.

5

짐꾼
그녀는 닭 잡을 힘도 없는
연약한 여자가 되었다.

6

개그맨
기분이 좋지 않을 때는
모든 방법을 다해 웃게 해준다.

7

당신만의 주부
남자친구가 빨래하기, 밥하기까지
가사노동을 전부 맡는다.

8

간병인

아프면 밤낮없이 지켜줘서,
병원도 무섭지 않도록 해준다.

당신만의 보디가드

위험할 때면 제일 먼저 나타난다.
대상이 한 마리의 벌레일지라도.

> 투투! 겁먹지 마!

칭찬 요정

무슨 옷을 입어도 다 예쁘다고 하고,
무슨 일을 해도 다 잘했다고 한다.

> 투투, 정말 잘했어!

당신만의 ATM

말이 통하지 않으면 바로 홍바오를,
좋아하는 것이면 뭐든 사준다.

음식 종결자
밥을 먹다 남겨도
남자친구는 아무렇지 않게 먹어준다.

13

음식 감별사
그녀가 새로운 음식을 만들면,
남자친구는 적극 나서서 먹어본다.

14

나쁜 기분 쓰레기통
기분이 나쁠 때 남자친구는 뭐든 들어준다.
그녀의 울음도, 부정적인 감정도,
모두 묵묵히 들어준다.

15

인간 샌드백
기분 좋을 때 때리기도 하고
기분 나쁠 때 때리기도 하는데
아무리 때려도 그녀를 되받아치진 않는다.

투투, 화 풀어라~

16

평생 사용권
평생 헤어지지 않고,
평생 예뻐해주어야 한다.

주의사항 :
솔로 앞에서 자랑한다면
불필요한 충돌이 일어날 수 있다.

남자친구는 무조건 화장품 접근 금지!

남자친구는 내 파우더를
땀띠약인 줄 알고 엉덩이에 쓰고,
스펀지가 완전 좋다고 말했다.
왠지 얼굴에서 엉덩이 냄새가 나는 듯….

오랜만에 오렌지 색 립스틱을 발랐더니
그는 알아챘다면서 웃었다.

비비쿠션을 썼더니

일본어로 설명된 헤어팩을
그는 바디워시로 사용했다.

겔랑 메테오리트 플로콘 앙상떼
구슬 파우더를 사용하는 것을 보면…

투투~ 사탕통 완전 예뻐.
어느 맛이 제일 좋아?

자주빛!
포도맛이야!

그가 나의 립글로우를 사용했다.
바를 때는 무색이지만,
곧 입술이 빨개지는 제품이라
지나가는 사람들이 그를 주목하였다…

5

6

틴트를 열면 '뿌-' 소리가 난다.
남친은 새 놀잇감을 발견한 듯
계속 나의 틴트를 열고 닫았다.
열면서 뿌뿌뿌 소리를 냈다.

그가 고양이한테 긁혀서
요오드팅크를 가져오라고 했는데…

요오드팅크가
왜 투명하지?

내 에스티 로더
갈색병 내려놔!

7

8

YSL(입생로랑)을 계속
에스티 로더라고 읽었다…

그가 압축 형태의 내 팩을
우유알*로 착각하고
안 씹힌다고 불평한다.

내가 아이라인 잘 그렸냐고 묻자,
그는 멍한 표정으로
내 애교살을 가리킨다.

어느 날은 내 비누를 파는 것을 발견했다.
그는 비누 안에 모래알이 있다면서,
새로 산 각질제거 비누의
'모래알'을 팠다!!

*우유가 들어 있는 알약 모양 사탕.

한번은 남친이 출장을 가서 파우더를 부탁했는데,
그는 하이라이터를 사 왔다.

똑같은 거라고 하이라이터면 된다고 했단다.
그에게 두 가지가 똑같다고 한 판매원 님은
이 만화를 보시면 연락주세요.
왜 우리 바보남친을 놀렸는지 알려주세요.

이것이야말로 여친을 예뻐해주는 정확한 방법!

많은 여성분들이 자기 남친은
사랑할 줄 모른다고 말하는데,
이런 경우는 와거도 모두 경험해본 터라
오늘 여기서 여러분에게
그 대처 방법을 알려드릴게요.

1

part 1 그녀가 먼저 굿나잇
　　　나쁜 예

굿나잇~

응, 굿나잇.

2

좋은 예

So, 적당한 관심이 제일 중요하다.
만약 눈치 없이 굿나잇으로 답하면,
별생각 없이 그랬더라도
그녀는 **별생각 '있게'** 받아들인다.

part 2 그녀와 싸울 때
　　　　나쁜 예

내가 보기엔 둘 다
잘못이 있어. 그러니까...

5

좋은 예

내가 잘못했어! 자기랑 싸우다니!
싸우느라 목마르지?
무릎이라도 꿇을까!

흥! 이제야 정신 차렸네!

6

So, 아무리 생트집을 잡아도,
다 잘못했다고 해야 한다.
논리적으로 말하고 싶어도 참아야 한다.
다른 사람은 그녀에게 그럴 수 있지만,
너만은 절대 안 돼!

다 내 탓이야!

7

part 3 그녀가 질투할 때
　　　　나쁜 예

그 사람 혼자
좋아하는 거야.

8

좋은 예

이런 일을 투투한테 알리면 바보지. 내가 알아서 해결해야 해!

미안, 난 투투만 좋아해!

와와 때문에 마음이 놓여~

9

So. 여기서 말하는 '알아서 해결'은,
몰래 계속 연락하는 게 절대 아니다.
주변을 깨끗하게 정리해야만,
그녀에게 안정감을 줄 수 있다.

이미 깨끗~

10

part 4 그녀와 애정표현 할 때
　　　　나쁜 예

휴~
다른 사람들도 있잖아.

11

좋은 예

'좋아요'를 폭풍 클릭!

우리 투투 제일 예뻐!

투투를 제일 사랑해!

와와가
제일이네.

12

So, 타인의 시선을 의식하지 말자.
사랑은 감사한 일이다.
그래도 도를 넘지 말자.
몇십 장의 커플 사진 업로드는
너무 과했다.

13

part 5 그녀가 '꺼져'라고 하면
나쁜 예

그래, 너도 진정해야지!

14

좋은 예

그럴 수 없어,
그럼 누가 널 안아줘!

그래도 마음은 있나 보네!

15

So, 그녀가 어떤 격한 말을 해도,
쉽게 그녀의 손을 놓지 말라.
그녀에게 진정하라고 하면,
진정으로 사라질 수 있다.

16

사실 여친을 예뻐해주는 건
어렵지 않다.
열심히 연구하면 된다.

17

투투, 남친을 사랑해주는
방법이 나오면 알려줘.

18

꿈 깨!

19

여자친구랑 쇼핑하는 법 (남자 필독)

여자친구가 쇼핑을 좋아한다면
그녀와 쇼핑하는 것은 영광이지만
완성하기 어려운 임무가 된다.

우수한 '쇼핑남친'은 우선
여친과 쇼핑하는 것을
좋아해야 한다.

좋아한다구우.

만약 그녀가 쇼핑을 원하면,
당황하거나 한숨 쉬지 말고
미소로 응해야 한다.

보너스로 하나 더 알려주면,
먼저 쇼핑을 제안하는 것이다.

그래, 좋지.

남친력 +5
남친력 +5
남친력 +5
남친력 +5

자기야, 쇼핑 가자!

남친력 +10
남친력 +10
남친력 +10
남친력 +10

쇼핑 주의사항
무조건 암기!!

5

함께 쇼핑할 때 '3不'원칙을 늘 자각하자.

앉을 곳을 찾지 말고

휴대폰은 만지지 말며,

멍 때리기도 금지!

6

멍 때리는 느낌을 주는 답

이 옷 어때?   괜찮아.

내가 입은 거 어때?   네가 좋은 거면 돼.

뚱뚱해 보여?   응? 뭐라고 했어?

오답

7

좋은 예

하던 일을 멈추고,
머리부터 발끝까지 스캔한 뒤,
2초 정지하고,
뭔가 사색한 듯!

예뻐!!

8

'5적극'원칙은 철저하게 실시해야 한다.

적극적으로 여친의 가방을 지키기.

적극적으로 여친을 위해 촬영하기.

적극적으로 여친을 위해 음료 사기.

적극적으로 여친의 쇼핑백 들기.

적극적으로 돈을 내기.

계산은 내가 할게.

남친력 +999

남친력 +999
남친력 +999
남친력 +999

마지막으로 우수한 '쇼핑남친'은
밤새 게임하는 정신과 끝까지 투쟁하는 정신으로,
그녀가 만족할 때까지 쇼핑하자!

열 바퀴 더!

9

10

남자가 어떻게 해야 여자들이 좋아할까

그는 말이 통하지 않으면
립스틱이나 가방을 사주고
사지 말라고 하면 화를 낸다.
이런 사람을 좋아하지 않을 수 없다.

거리에선 꼭 손잡아주고
가방도 들어주고
날 데리고 맛있는 걸 먹으러 간다.
이런 사람을 싫어할 수 없다.

1

2

그는 내 의견을 듣지 않는다.
친구들이랑 놀라고 해도
그는 계속 나를 신경 쓴다.
내 말을 듣지 않고! 나랑 있겠다고!

기분이 안 좋으면
돈으로 문제를 해결하려 한다.
내 장바구니 목록을 전부 사버린다.

휴대폰 이런 거엔 로망이 없는데,
매번 신상이 나오면 나를 사준다.

카드나 온라인 결제 등
각종 비번이 다 내 생일,
좀 복잡한 건 없나?

아침 일찍 일어나
나를 위해 사랑밥을 차려준다.

> 조금만 기다려~

내가 예쁘다고, 내가 좋다고 자주 말해준다.
일이 있든 없든 뽀뽀하거나
안고 싶어 한다.

> 우리 투투 완전 예뻐~

7

8

분명히 내 잘못인데도
자기 잘못이라고 한다.
따지지도 잘잘못을 가리지도 않는다.

> 내가 잘못했어…

분명히 그를 믿는다고
휴대폰 같은 거 보지 않겠다고 하는데도.
자꾸만 보여주려 한다.

> 검사를 하십시오~

9

10

비밀연애가 조용하고 편하니까
그래도 된다고 했는데도,
그는 자주 나를 데리고
가족과 친구를 만나러 간다.

안녕하세요~!

11

퇴근 후 피곤한 걸 다 아는데도,
나를 위해 다리 마사지를 해준다.

나 전생에
나라를 구했나!

12

아우~ 이런 남자친구
너무 부담스러워~

제발

13

.
.
.

나도 이런
남자친구!!!

14

이리 와, 서로한테 상처를 주자고

9

10

11

12

* 한화 약 1,700원.

31

32

33

너의 어머니와 너 vs 너의 아버지와 너

둘 중 한 사람과 같이 있을 때

뭔가를 살 때

학부모회 때

무엇을 먹을 때

생일이 다가오면

나가 놀려고 할 때

혼날 때

여러 가지 문제를 만나면

안아주고
싶어

당신의 여자친구 이야기

자기 전

내일은 꼭
일찍 일어나야지.

1

이틀날

2

평일

주말에 등산 갈래. 전시회도 가야지!

3

주말

너무
편하다아~

4

마트 갈 때

카트는 됐어, 조금만 살 거니까.

5

결과

이럴 줄 알았어. 카트 밀걸.

6

외출 전

오늘은 힘 좀 줘야지!

7

30분 뒤

난 생얼이 나은가, 흐흐.

8

낮에 일할 때

밤에는

친구랑 같이 밥 먹을 때

혼자서 밥 먹을 때

쇼핑할 때

13

일주일 뒤

14

하이힐 신을 때

15

신발 살 때

16

'서프라이즈'를 꾸밀 때

와와한테 내 요리실력을 보여줘야지!

17

그리고 보여줄 때

이건 뭐지.

18

옷장 정리할 때

역시 난 완벽한 살림꾼.

19

이틀 뒤

아휴…

20

엄마와 다툴 때

상관 마, 굶어 죽어도
도와달라고 안 해!!

21

일주일 뒤

엄마가 제일 좋아,
1,000위안만….

혜혜혜혜
혜혜혜혜
혜혜혜혜

22

친구에게 가격을 말할 때

남친이 한국에서 사 왔어!
8,000위안 정도래.

우와,
부럽다!

23

엄마에게 가격을 말할 때

안 비싸. 할인해서 800위안이야.

이렇게 작은데? 비싸네….

얌

쩐

24

운동을 결심할 때

진짜 운동할 거야,
날씬하지 않으면
죽을 거야!

25

이틀 뒤

됐어, 남친도 있는데 뭐,
남친도 나를 싫어하지 않고!

넌 안 해도 돼.

26

여자친구가 화내는 이상한 이유들

이야기는 와거가 헬스장 가려는 거부터 시작…

여자친구는 갑자기 화를 내는데
이유도 완전 기이해서…

내가 시계방향으로
설거지하지 않아서 화가 났다.

여자친구의 거북이가 죽었는데,
내가 부주의로 '좋아요'를 눌렀다…

나에게 다른 여자가 있는
꿈을 꾸고서 나를 때렸다.

9

그녀가 하늘에서 내리는 눈을 받아먹으려는 걸
막았다가 일주일 동안 냉전...

10

왼쪽 얼굴에 뽀뽀하고
오른쪽 얼굴엔 하지 않아서
평형을 깼다며 화가 났다.

11

루한이 '런닝맨'에서 아웃될 때
내가 웃어버려서,
당연히 그다음은 없었다.*

12

* 엑소 루한은 중국판 '런닝맨' 고정멤버

그녀가 씹던 껌을 거절했더니
자기를 싫어한다고 통곡을 했다.

SNS에 똑같은 내용을 올렸는데
나는 '좋아요'가 35개고
그녀는 25개라서 화냈다….

자기가 잘못했을 때,
뭐라고 하면 당연히 더 화낸다.

누가 맞고 틀렸는지는 중요하지 않다.
화나는 이유는 결국
'나한테 큰 소리쳐?!'로 넘어간다.

여자친구는 그녀가 화난 것을
내가 몰라서 더 화가 났다!

크게 화나지 않았을 때,
내가 '화났어?'라고 묻고
그녀가 '아니'라고 답한다.
'그럼 됐어'라고 하면 진짜가 시작된다.

배고파. 뭐 먹자.

안 돼, 살쪄.

괜찮아, 살쪄도 귀여워.

17

18

19

20

이런 이상한 이유를 보며
too young too naive라고 생각해?
여자친구가 화내는 데 이유가 필요해?!
흐흐, 그래서 아직 솔로인 거 아닐까?

맞아, 이것이 바로 새 옷을 사는 이유

이건 여행 가서 입는 거지.

너무 정장이야,
격식 있는 자리에서 입어야 해.

새로 산 신발과 어울리지 않잖아.

이런 류가 너무 많아,
나는 좀 바꿔야 돼.
취향이 단조로워 보이잖아.

이 옷은 허리띠가 없잖아,
역시 백화점에 가야겠어.

9

요즘 내 기분이랑
안 맞아서 입기 싫어!

10

왜 이렇게 포기할 줄 몰라!!
내가 사겠다면 사는 거지!!
옷을 사는 데 왜 이유가 필요해!!
그냥 입을 옷이 없어서 그런 거지!!

11

(잘못했어!)

(알면 됐어!)

12

여자친구가 진짜 말하려는 것은

괜찮아, 난 괜찮아

절대 괜찮지 않음,
무조건 무슨 일이 있음!!

난 괜찮아!!!

1

너의 말을 듣고 싶지 않아

없는 말도 찾아서 해야 함,
말 안 하면 죽은 목숨!!

빨리 말해!

ㅇㅇ

2

'그녀'한테 가도 돼

가기만 해,

돌아오면 대가 끊길 거임.

왜? 가도 된다구.

3

니 먼저 잘게

만약 이때 '잘 자'라고 하면,

영원히 혼자 자게 됨.

뭐라고 하나
볼 거야!

4

나 화 안 났어

지금 폭발 직전인데 안 보여?

빨리 와서 사과하라구!

마지막 1분!

5

귀찮게 하지 않을게

난 널 귀찮게 할 거야,

곧 죽더라도 나를 달래줘!

할 일 해, 절대 귀찮게 안 할게.

......

6

됐어, 마음대로 해

더 이상 보고 싶지 않아

응, 나 혼자 할 수 있어

그래, 바쁜 걸 어떡해

그래서 여자친구의 말을 반대로 들어야
그녀의 숨은 뜻을 포착할 수 있다.

여자친구가 길치면 어떤 체험일까

매일 나 자신을 세 번은 돌아본다.
난 지금 어디? 어디로 가야 하지?
어떻게 가지?

길거리에서 나는
약간 모자란 사람 같다.

나에겐 아주 신비한 능력이 있다.
두 개의 갈림길이 나오면
항상 반대로 선택한다.

여자의 직감이 이쪽이라고 했어!

3 반대길   맞는길

어제 화장실에서 나와
남자 화장실로 가기도 한다.

투투! 정신 차려!
남자 화장실이야!

하?!

4

나에게 동서남북은 소용없고
오직 앞뒤좌우로만 가릴 수 있다.

실례합니다,
xxx 호텔이 어디인가요?

이 빌딩 남쪽에
바로 있어요.

5

남쪽?

허허허.

6

지하 주차장에 차를 세우면,
어디에 세웠는지 알 수가 없다.

내 눈에는 똑같은 길을 걸어도
반대 방향으로 걸으면 또 다르고
낮과 밤이 다르고, 여름과 겨울이 다르고…

공항 갈 때는
반나절을 앞당겨 가려 한다.
헤매지 않은 적이 없어.

가끔은 GPS을 이용해도 길을 찾을 수 없다.
얘는 항상 내가 다른 길로 간다고 말한다.

제일 무서운 건
택시 기사가 길을 물어볼 때.

11

지하노로 가면 아무리 돌아도
길 맞은편 출구에 도착할 수가 없다.

12

절대로 저녁 조깅은 하지 않는다.
돌아오는 길을 찾을 수가 없어서.

13

우리의 대화는 항상 이런 식이다.

14

와와, 나 또 길 잃었어.

침착해, 앞에 뭐가 있어?

길!

뒤에는?

뒤에도 길이야.

길 빼고 뭐 있어?

나무.

대체 어디지,
전혀 모르겠어.

너의 위치를 보내줘 봐.

멀지 않아,
서쪽으로 좀만 더 와.

10분 뒤…

왜 점점 멀어지고 있어?

왼쪽이 서쪽이고,
오른쪽이 동쪽 아니야?

그럼 북쪽으로
가려면 넌 하늘로 올라갈 거야?

길치에게 제일 행복한 일은
길을 잃었을 때
누군가 이렇게 말해주는 것이다.

나…

움직이지 마,
내가 지금 그쪽으로 갈게!

어떻게 우아하게 남자친구한테
나의 마음을 전달할 수 있을까

립스틱을 갖고 싶을 때

예쁜 여자 사진을 보여준다.

가방을 사고 싶을 때

있잖아,
하하하, 정말 웃겨~
남자 동료가 나한테
한정판 가방을 선물하겠대~
내가 바로 거절했지!
자기도 아니고 어떻게 다른 남자가
준 선물을 받겠어!

새 옷을 사고 싶을 때

자기야, 내 옷 낡은 거 봐~

아니 벌써? 다른 걸로 바꿔 입자~

근데 난 이걸 제일 좋아해, 다른 건 별로...

그럼 새 걸 사러 가자.

4

와와, 이 옷 너한테 완전 어울려~
사자사자사자사자사자~

괜찮나. 그래, 자기 말 들을게.

자기 근사하게 입었는데
나도 맞춰서 입어야 하지 않나~

사러 가자...

5

향수가 갖고 싶을 때

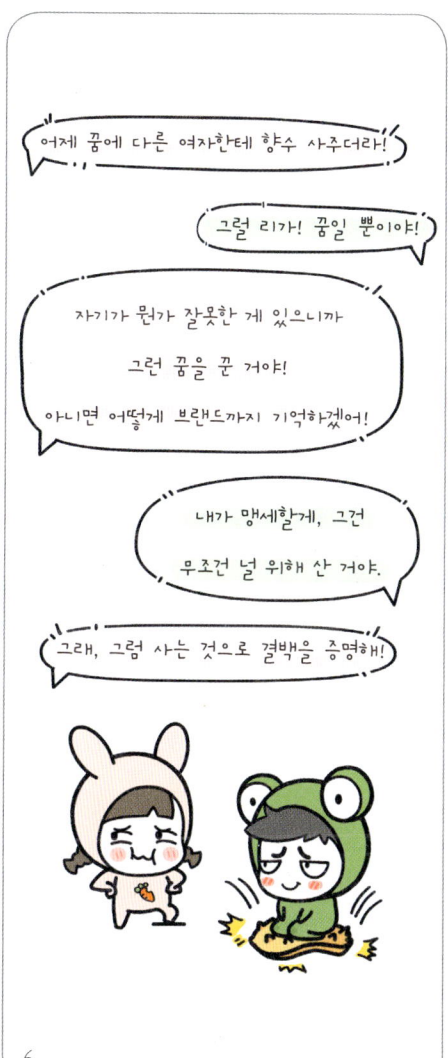

어제 꿈에 다른 여자한테 향수 사주더라!

그럴 리가! 꿈일 뿐이야!

자기가 뭔가 잘못한 게 있으니까

그런 꿈을 꾼 거야!

아니면 어떻게 브랜드까지 기억하겠어!

내가 맹세할게, 그건

무조건 널 위해 산 거야.

그래, 그럼 사는 것으로 결백을 증명해!

갑자기 무슨 선물을 갖고 싶을 때

귀여운 표정으로 기대의 눈빛 발사!

에이, 명품은 너무 속물적이야.

사실 나는 자그마한 걸 더 좋아해~

그냥 돈 쓰고 싶을 때

너무 더워,

에어컨이 고장 난 거 같아!

시원한 백화점에 가 있자.

지갑 챙겼지?

다이아몬드가 가지고 싶을 때

목걸이가 받고 싶을 때

당신은
내 마지막 사랑

3일 된 커플과 3년 된 커플! 너무 달라!

3일 된 커플의 메시지는 이렇다.

3년 된 커플의 메시지는 이렇다.

3일째, 함께 드라마 볼 때

3년 후, 함께 드라마 볼 때

3일째, 야한 농담을 할 때

3년 후, 야한 농담을 할 때

3일째, 깨끗하게 차려입고,
머리도 깔끔하게 정리한 상태다.

3년 후, 옷이 지저분해도 빨지 않고,
냄새를 맡아 적당한 걸 골라 입는다.

3일째, 항상 같이 붙어 있으려 한다.

3년 후, 혼자만의 시간을 원한다.

3일째, 서로 격려하며
함께 발전하려 한다.

3년 후, 서로의 게으름에 이유를 찾아준다.

연애 초기는 만나면 '키스'

3년 후엔 만나면 '말다툼'

3일째, 내심 불안하여
서로의 마음을 확인하고 싶어 한다.

19

3년 후, 관계에 대한 안정감이 충만하며,
상대방이 쉽게 떠나지 않을 것을 믿는다.

20

처음 만난 순간부터 지금까지,
서로의 매력을 알아가고
부족한 점은 받아들이게 되었고,
이제는 말하지 않아도 서로의 마음을 안다.
3년 전 시작된 사랑은 더욱 단단해졌다.

21

미래는 알 수 없지만…
우리 영원히 함께하길.

22

나도 모르게 당신의 메시지를 보았어

와와, 나 어쩌다 너의 메시지 보았어...

어떻게 그럴 수 있어!!!

본 건 본 거고, 앞으론 그러지 마.

그리고, 음, 뭘 봤는데?...

루루가 보낸 거? 루루가 나를 자기라고 부르는 건 별일 아냐!

회사에서 다들 그렇게 불러. 오해하지 마.

5

6

7

8

13

14

결혼 전제란 이런 것이었지…!

Why!!!

빨리 말해! 미안하다고!!

5

제발 이유를 알려줘!

미안하다고 하면.

6

알... 알았어... 미안해.

그래 잘했어!
넌 테스트를 통과했어!

7

네가
아무 잘못도 없는데도
미안하다고 할 수 있으면
넌 이미 결혼할 준비가 다 된 거야.

암호
통과!

결혼의 전당

미안해!   미안해!

아버지...

8

여자친구의 가슴이 평평하면 어떤 체험일까?

차항아리 뚜껑 봤었어?

1

앞으로 차항아리를 어떻게 보란 거니!

2

엎드려서 자도 전혀 문제없고, 러닝 운동을 해도 끄떡없다.

앗! 엎드려도 편하지!

3

칫~ 볼 거 없네!

4

집에서 브라를 벗을 때
마치 가슴을 벗는 것 같다.

침대에 누우면
배가 가슴보다 더 높고

남자친구는 광활하고 평평한
'개인비행장'을 갖게 된다.

비록 얼굴은
어린이날을 보낼 수 없지만,
가슴은 보낼 수 있다!

별명은 빨간 모자.
승냥이가 빨간 모자의
할머니(奶奶)를 먹어버려서!*

버스에서 사람들에 치여
가슴이 눌렸는데,
브라가 다시 돌아오지 않는다.

어려운 문제를 만나면 가슴을 치면서,
스스로에게 강해져야 한다고 말한다.

젖소농장 체험할 때,
남자친구가 소젖을 짜면서 눈물을 흘린다.

* 가슴은 '奶[nǎi]', 할머니는 '奶奶[nǎinǎi]'라서….

남자친구가 처음으로 만질 때,
계단을 오르다가 헛디딘 느낌을 준다…

13

친구와 같이 아이스크림을 흘렸을 때,
친구는 가슴 쪽을 닦고
나는 신발을 닦는다.

14

묵묵히 신발 닦음

너의 가슴이 노래해!

뭐라고?

15

난 자라고 싶지 않아…

16

물론 작은 가슴도 좋은 점이 있다.
누군가 자신을 좋아할 때,
혹시 가슴 때문은 아닌지
걱정할 필요가 없다는 것!

왜 가슴이 작은 여자들은 짜증이 많을까?

* 흉악하다는 뜻의 '穷凶极悪(궁흉겁악)' 중에서 '极'의 모양이,
가슴을 의미하는 '妌[nǎi]'와 비슷하게 생겨서….

5

6

7

8

13

14

15

16

21

22

23

24

29

남자는 왜 여자가
의심하는 걸 싫어해?

30

완전 잘 맞춰서.

31

세상에서 제일 위대한
상상의 인물은 누구라고 생각해?

32

그건 엄친아.

내 얼굴 갸름한 게 해바라기씨 같지? 멋있지?

그냥 해바라기처럼 커!

왜 자신의 미운 모습은 보지 못하고
타인의 미운 모습에 불쾌해할까?

집에 컴퓨터도 있고 속도도 괜찮은데,
왜 계속 pc방에 가?

여자친구가 화난 이유는
왜 항상 알 수 없을까?

여자친구가 충분히 예쁘다고 생각하는데,
왜 다른 여자에게 주의를 빼앗길까?

왜 자신의 미운 모습은 보지 못하고
타인의 미운 모습에 불쾌해할까?

남자는 왜 키스할 때
가슴을 만질까?

5

남자들은 오후 내내 공 찰 때는 멀쩡한데,
왜 쇼핑은 10분 만에 지칠까?

나… 나 갑자기
쇼핑 못하는 병에 걸렸어.

6

길을 걷다 갑자기 농구 슛 포즈를 한다.
응?

내 매력에 빠졌어?

제정신인가?

7

왜 남자늘의 종아리가
더 날씬할까?

8

새끼손가락 손톱만 기르는 이유는 뭘까?
예쁜가?

9

남자들은 왜
아무리 먹어도 살이 안 찔까?

10

풍경은 이렇게 아름답게 찍으면서
여자친구는 왜 그렇게 찍을까?

11

싸우면 그는 말이 없다.
내가 말하지 않으면 그도 말 걸지 않는다.
왜 나를 달래주지 않을까.
조금만 달래주면 해결될 일을,
왜 일주일이나 냉전해야 돼?

남자와 여자의 차이 Best 10

날이 추우면

"추우니까 많이 입어야겠네!"

1

날이 추워서 새 옷 사야 돼!

2

헤어 변신

20위안 지출

3

300위안 지출

4

사진에 관하여

남자

만리장성 가서, 사진 5장 찍는다.

5

여자

화장실 갔는데, 27장을 찍었다.

6

싸움에 관하여

아아아!!!

7

5분 뒤

헤헤헤헤!!!

남자

8

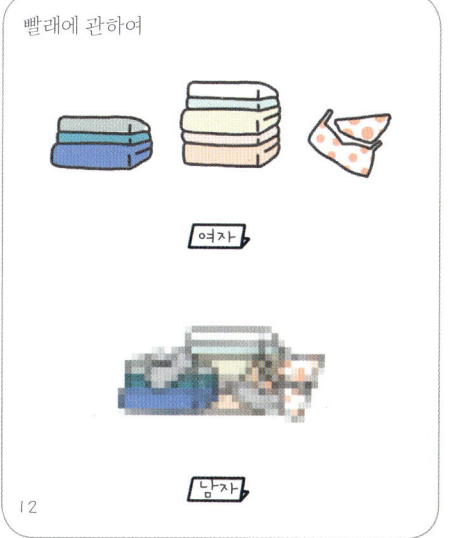

가방의 용도

여자   남자

학교 갈 때

여행 갈 때

운동 갈 때

약속 갈 때

해변 갈 때

13

샴푸 살 때

비듬샴푸 살까,
아님 집중케어?
이 브랜드를 살까, 저걸 살까?
500ml? 800ml?
아! 어떡하면 좋지.

14

여자

사장님, 샴푸
하나 주세요.

15

남자

가설에 관하여……
만약 1,000위안을 준다면,
연인을 팔 것인가?

30위안만 줘도 판다!
손해 볼 것도, 사기 당할 것도 없다.
눈물을 흘리며 최저가로 팔고 있음!

여자

17

무슨 소리야, 안 팔아.
너무 웃기잖아,
연인을 어떻게 그래?

남자

18

왠지 알아?
여자친구를 팔겠다고 하는 남자는

결국 '인연'을 잃을지도 모른다.

누가 내 여친을 산다며?

20

똑같은 세상, 똑같은 엄마

두통이나 건조한 피부, 여드름 모두…
엄만 내가 밤을 새기 때문이라고 한다.

몸이 쑤시거나 몸살이 나도…
엄만 내가 컴퓨터 게임을 해서라고 한다.

입맛이 없어서 밥을 안 먹는다 하면…
엄만 내가 간식을 먹었기 때문이라고 한다.

누가 결혼했고, 누가 아기를 낳았다고 하면…
엄만 내가 아직도 결혼 못한 게 화가 난다.

라면을 먹고 있는 걸 볼 때,
내가 날씬하면

내가 뚱뚱하면…

10년 전에 이렇게 말했다.

7

지금은 이렇게 말한다.

8

소파에 누워 휴대폰을 하면
엄만 네가 늙으면 알 거라고 한다.

9

출근하느라 아침을 먹지 못하면
엄만 굶는 게 몸에 해롭다고 하면서
네가 늙으면 알 거라고 한다.

10

겨울에 데이트가 있어 한껏 꾸미면
엄만 왜 이렇게 짧게 입느냐고
네가 늙으면 알 거라고 한다.

여름에 집에서 에어컨 쬘 때
엄만 인공바람이 몸에 나쁘다고
네가 늙으면 알 거라고 한다.

이 외에도, 일종의 날씬함은 있는데
엄마한테만 보이는 날씬함이다.

일종의 예쁨은 있는데,
엄마한테만 보이는 예쁨이다.

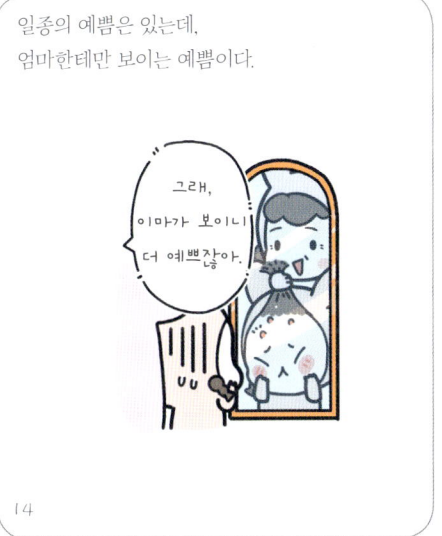

일종의 사랑이 있는데,
엄마가 보기에 나는 영원히 애기인가 보다.

똑같은 세상, 똑같은 엄마
당신에게도 이런 엄마가 있나요?

당신을
만나서 다행이야,
함께 늙어가자

섬세한 남자친구는 어떤 느낌일까?

거리를 걸을 때,
차와 가까운 쪽에는
걷지 못하게 한다.

나의 그날을 알고
그즈음엔 생! 리! 대!를 갖고 다닌다.

아무리 폭우가 내리고
폭염이 와도
절대로 닿지 않는다.

무언가 손에 든 채로 만나면,
그는 자연스럽게 한 손으로 나를 잡고,
다른 한 손으로 물건을 든다.

밖에서 친구들을 만나면,
그는 내 손을 꽉 잡고서 소개한다.

쇼핑할 때 무거운 짐도 들어주고
적절히 좋은 의견도 말해주고
카드까지 제공한다.

여행을 떠나면
그가 세심히 준비하고,
나는 순간을 즐기면 된다.

7

우리 집 식구의 생일을 기억하여
매번 미리 알려준다.

8

일어나 양치질 할 때
미리 치약도 짜주고,
아침도 차려준다.

9

집에 있는 애완동물도 보살펴준다.

10

우리 엄마가 팩할 때
시간도 봐준다.

여자친구가 있는 게 얼마나 좋은 일일까?

그녀는 불안했던 나의 마음이
쉴 수 있는 따뜻한 곳을
마련해주었다.

1

분명히 있는 건 별로 없는데,
세상을 얻은 기분이다.

2

삭막한 이 세상에서,
그녀의 영웅이 되고 싶다.

3

일할 맛도 나게 해주니,
우리의 미래까지 밝아졌다.

4

나는 그녀라는 갑옷이 있어 더 강해졌고
사랑하는 그녀가 있어 연약해졌다.

5

여자친구 생기고 나서
무엇을 얻는 것이 아니라,
계속 무언가 주고 싶어진다.

6

친구 앞에서도
끝없는 자랑거리 되어주고,

7

그녀가 화가 난 듯 아닌 듯
나를 꼬집는 걸 제일 좋아한다.
몸은 아프지만, 마음은 달달하다.

8

주말 아침, 창밖에는 비가 내리고
방에는 음악이 흐르고 있다.
나와 그녀는 침대에 게으르게 누워서
우리의 미래를 그렸다.

9

아는 사람이 없는 낯선 도시지만,
그녀의 앞에서 나는 모든 걸 내려놓고
어린 남자아이의 모습이 된다.
그녀는 이런 나를 안아준다.

10

나로부터 우리가 되는 것이,
상상만 해도 행복이다.

11

여자친구는 질투가 심하잖아?

괜히 화내고 돈도 맘대로 쓰고?

12

내 여자친구는 질투가 심하고,

괜히 화도 내고 맘대로 돈 쓰길 좋아하지만

그녀는 나에게 '최고'를 맡고 있지.

13

나한테
왜 그래!!!!

남자친구가 있는 게 얼마나 좋은 일일까?

팔짱을 끼고 함께 걸을 수 있고
재미없는 얘기에도 웃어주는 사람.

길 건널 때 차를 봐주고,
위험으로부터 나를 지켜준다.

손을 따뜻하게 해주고
추울 때 백허그도 해준다.

빨리 자라고 걱정해주고,
해야 할 일도 까먹지 않도록 알려준다.

이것저것 못 먹게 하지만,
맛있는 건 다 나에게 준다.

그를 계속 안을 수 있다.
그의 품에 있으면 마음이 편안해진다.

걸을 힘조차 없는 날에는
그는 업어서라도 데려다준다.
가슴이 두근두근해진다.

어디를 가지 않아도
둘이서 하루 종일 재미있게 놀 수 있다.

우울할 때,
그는 나를 안아주면서
"내가 있잖아" 하고 말해준다.

싸우다가 갑자기 웃는다.
나의 머리를 쓰다듬으면서
"화내는 모습도 되게 귀엽네!"

사람들 속에서 너무 평범한 나지만
그로 인해 용기를 얻을 수 있다.

이곳으로 이사 왔어. 이젠 떨어지지 말자!

11

그와 같이 있는 것만 생각하면,
아무리 어려워도 힘낼 수 있다.

12

알콩달콩 옥신각신 우리의 사랑은,
사계절을 가리지 않는 햇빛처럼
온기와 빛을 내뿜는다.

13

그만 있으면,
세상을 다 가진 듯하다.

14

당신을 몹시 사랑하는 남자친구가 있으면
어떤 기분일까?

화나서 그의 뺨을 살짝 쳤는데,
그는 손이 왜 이리 차갑냐고 묻는다.

> 손이 너무 차.

1

평소에 아무리 무거운 것도 거뜬한데,
사랑에 빠져 병뚜껑도 열지 못한다.

> 와와…

> 이거 먹어,
> 못 열 줄 알았어.

2

나에겐 작은아버지가 한 명 더 생긴 느낌.
아버지가 안 사줘도, 작은아버지는 다 사주었다.

> 네 마음에 들면 돼!

3

밖에선 꼭 내 손을 잡아준다.
나도 내가 길 잃을까 봐 걱정되긴 한다.

> 얌전히 따라와.

4

데이트에 그는 절대 늦지 않으면서
내가 지각해도 화내지 않고
계속 나보고 조심히 오라고 한다.

투투, 괜찮아.

5

집에서 내가 맨발로 있으면,
그는 바닥이 너무 차다고
바로 슬리퍼를 가져다준다.

주인님, 슬리퍼요~

6

싸울 때 내 얼굴을 때리는 것이
그의 얼굴을 때리는 것보다 효과 좋다.

투투! 미안해!
차라리 나를 때려!

7

생선을 먹으면 뼈를 발라주고
새우를 먹으면 껍질을 발라주고.
나는 입만 벌리면 된다.

아.

8

그의 앞에서 나는 영원히
어린아이가 된다.

9

부엌에 가지도 않던 사람이
이제는 나를 위해 요리를 해준다.
이미 5kg나 쪘지만
그는 여전히 나를 좋아해준다.

와와, 나 뚱뚱하지!

전혀!

10

아무리 단단한 마음도 나른해지고 만다.
마치 고양이의 꼬리처럼.

와와, 안아줘!

11

제일 중요한 것은
나를 평생 사랑한다고 말하고는
진짜로 평생 사랑해주는 것이다.

12

재미있는 남자친구

난 네가 제일 멋있다고 말할 수 없지만,
제일 특별한 존재라고 말할 수 있다.

넌 아이처럼 천진하게 웃음 지으며
자기가 잘생겼다고 자화자찬한다.

동료들 앞에서는 성숙하고 듬직하지만,
내 앞에서는 1초 만에 본성을 드러낸다.
완전 걸어 다니는 이모티콘이다.

3

항상 갑자기 장난을 친다.
그의 장난은 뻔하지만 나는 이것이 엄청 행복하다.

4

빛의 속도로 오늘 하루를
공유하고 싶어 한다.

5

맛있는 걸 먹으러 가서
너는 항상 내가 좋아하는 걸 뺏으려 한다.
이런 걸 재미있어 하는 모습이 웃기다.

6

사진 찍을 때도
그의 장난은 멈출 수 없다.

내가 화나면
넌 어찌할 바를 몰라 한다.

8

그가 제일 잘하는 것은
바로 진지하게 아무 말이나 하는 것이다.

9

쫓아내고 싶을 정도로 화났을 때도,
넌 나를 떠나지 않았다.

내가 서러워서 울 때도
넌 계속 눈물을 닦아주었고
결국 나를 웃게 했다.
이런 너에게 의지하지 않을 수 없다.

너를 만난 후로
나는 심심함이 뭔지 까먹었다.
아무리 오래 같이 있어도,
지루하다고 느껴지지 않는다.

그래서 남자친구는 멋진 남자보다
개그맨이 되어주는 남자가 더 좋다.

바로 내가 원하던 행복

행복은 사실 어렵지 않고
어려운 건 누구보다 행복하려는 것.
사소한 행복은 곳곳에 있는데
예를 들면...

1

행복은 주말에 낮잠을 자는 것이다.

2

행복은 여름에 얼음 수박을 먹는 것이다.

3

행복은 네가 나를 향해
송곳니가 보이도록 웃는 것이다.

야옹~

4

행복은 우산을 기울이는 것이다.

5

행복은 출장에서 돌아왔을 때,
네가 벌써 날 데리러오는 것이다.

6

행복은 내가 망친 일을 네가 수습하더라도
나를 싫어하지 않는 것이다.

믿지 않을 수도 있지만,
물고기가 먼저 손댔어!

믿지, 믿지!
내가 처리할게!

7

행복은 억울할 때
따뜻하게 안아주고
탓하지 않는 것이다.

회사 그만두자,
내가 책임질게!

8

이것이 바로 나의 행복이야.
간단하지만 따뜻해.
대단하진 않지만, 네가 꼭 있어야만 해.

9

넌 너무 멋있지 않아도 되고,
좋은 집과 차가 없어도 돼.
그냥 나를 안아주면 돼.

멋있지 않아도 돼!

대단하지 않아도 돼!

부유하지 않아도 돼!

꼭 안아줘야 해!

10

우린 싸울 수도 있지만,
몇 번을 싸워도 서로를 떠나지 않길.

11

때론 너 때문에 울기도 하지만,
넌 항상 나를 다시 웃게 만든다.
인생은 눈물보다 웃음이 많으면 되지.

두리안은 좋은 것이야.
공으로 찰 수도 있어!

12

아무리 늙어도 우리는 함께 있을 거야.
서로 마주 보고 웃으며 한마디 하지.

네가 있어서 다행이야!

이것이 바로 내가 원하는 행복이야.